AF383902

LA
FRANCHE-COMTÉ

AU ROI D'ESPAGNE

ÉPITRE EN VERS COMPOSÉE, EN 1643, PAR UN PATRIOTE FRANC-COMTOIS

Publiée, d'après les manuscrits du temps

PAR

Jules GAUTHIER

ÉLEVE DE L'ÉCOLE DES CHARTES

POLIGNY

IMPRIMERIE DE G. MARESCHAL

1868

LA
FRANCHE-COMTÉ
AU ROI D'ESPAGNE

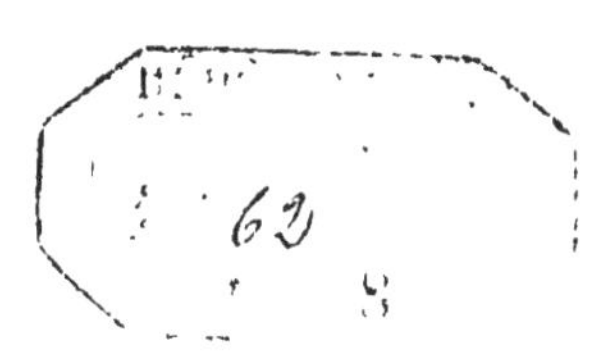

LA

FRANCHE-COMTÉ

AU ROI D'ESPAGNE

ÉPITRE EN VERS COMPOSÉE, EN 1643, PAR UN PATRIOTE FRANC-COMTOIS

Publiée, d'après les manuscrits du temps

PAR

Jules GAUTHIER

ÉLÈVE DE L'ÉCOLE DES CHARTES

POLIGNY

IMPRIMERIE DE G. MARESCHAL

—

1868

AVANT-PROPOS

Les guerres, qui de 1636 à 1643 désolèrent la Franche-Comté, n'ont point encore de notre temps trouvé d'historien ; la bravoure et le patriotisme dont firent preuve nos ancêtres dans la défense de leurs foyers, méritent pourtant d'être retracés. Nulle époque plus que celle-là n'est féconde en grands caractères, nulle n'est plus riche en nobles dévouements; jamais on ne vit pareil attachement à la patrie et au souverain , jamais la haine de l'étranger, excitée par l'amour du foyer, ne fut si profonde et ne se manifesta davantage par une résistance désespérée. Trois fois déjà la Franche-Comté avait eu à combattre la France pour défendre son autonomie, mais dans ces luttes inégales, où souvent elle avait succombé, sa constance n'avait jamais failli, son courage avait toujours survécu à ses défaites. Le dernier assaut qu'elle eût à subir des armées franco-suédoises fut le plus rude, la dernière guerre qu'elle supporta fut la plus terrible; mais avec tous ses enfants unis pour sa défense, avec toutes ses villes et ses moindres villages animés du patriotisme le plus ardent, notre province put résister à la fois à tous les fléaux et défendre pas à pas contre les envahisseurs chaque morceau de son territoire. Aussi, après huit années d'héroïsme et de martyre, si ses villes et ses campagnes étaient ruinées, si les deux tiers de ses habitants avaient péri, son sol du moins était redevenu libre, sa nationalité était debout, et ceux de ses enfants qui avaient survécu à ces grands désastres, pouvaient à juste titre s'énorgueillir d'être Comtois.

Préparées par ces évènements, les deux conquêtes françaises de 1668 et de 1674 n'eurent rien de difficile, et par suite rien de glorieux; la Comté ne s'était point complètement relevée de ses ruines, et sa population comptait encore des vides, que de longues années ne suffirent pas à combler. Le mal était surtout alors, en ce que le patriotisme réfugié dans le cœur du peuple, n'existait plus dans la noblesse et le haut clergé, dont les membres les plus influents gagnés à la cause française, ne se faisaient pas scrupule de trahir leur pays. Quelques villes, deux ou trois villages, firent alors ce qu'avaient fait trente ans plus tôt les moindres châteaux de la province, et ne se rendirent point aux premières sommations ; ce furent les dernières étincelles d'un feu sacré qui avait longtemps brûlé sur notre sol, mais ces efforts suprêmes pour sauver l'indépendance comtoise furent impuissants à retarder son dernier soupir.

Plus intéressantes à étudier dans leur ensemble que ces derniers épisodes de notre histoire provinciale, les invasions franco-suédoises de Condé, Weymar et Longueville sont dignes d'avoir une histoire spéciale. Cette époque est riche en faits, puisque le moindre village a joué alors un rôle dans la défense du pays, riche en hommes courageux et dévoués, puisque la moindre bourgade a eu ses traits d'héroïsme et ses actes de bravoure poussée jusqu'à la témérité. Dans le péril commun, le Parlement, le gouverneur et l'archevêque dirigèrent la défense ; le gentilhomme, le bourgeois et le paysan obéirent à leurs ordres et combattirent au même rang ; unies de la sorte, pleines d'énergie et de résolution, les forces comtoises eussent accompli leur noble tâche, même sans le secours des armées impériales, qui furent pour le pays une source de ruines plutôt que de profit.

Les documents de cette histoire sont nombreux dans nos archives et dans nos bibliothèques. Historiens des scènes où ils avaient figuré comme acteurs, Boyvin, Girardot de Nozeroy et Pétrey de Champvans, nous ont laissé d'attachants récits de cette guerre de huit ans (1), dont les auteurs modernes ont vanté les héros et raconté les épisodes (2). Elle méritait aussi d'être célébrée par la poésie, elle le fut, et cette pièce de vers que nous publions aujourd'hui, œuvre d'un patriote inconnu, est digne d'être conservée (3). Son titre est celui-ci : *La Franche-*

----

(1) Siège de Dole, in-4°, 1636. --- Histoire de Dix-Ans, 1843, in-8°. --- Lettre de Pétrey de Champvans, in-4°, 1636.

(2) M. Ed. Clerc. Etude sur Boyvin, in-8°, 1858. --- M. Jeannez. Carle Dusillet. Mém. de l'Acad. de Besançon, 1864 (août). --- M. Perraud. Lacuzon, in-8°, 1867, etc., etc.

(3) Il existe plusieurs manuscrits de cette pièce de vers, l'un à la Bibliothèque Ste-Geneviève, à Paris. Manuscrit français, L. 28 ; un autre à la Bibliothèque Impériale, coll. Droz, tome 40 ; un troisième à la Bibliothèque de Besançon, dans les manuscrits Chifflet. C'est des deux premiers que nous nous sommes servi pour cette édition.

Comté au Roi d'Espagne. Dans les quatre cent cinquante vers qui la composent, l'auteur fait adresser au roi, par la Franche-Comté qu'il personnifie, un discours respectueux mais ferme, dans lequel elle lui expose la grandeur des sacrifices qu'elle a faits pour lui rester fidèle.

Elle énumère les fléaux qui l'ont accablée, donne des louanges méritées à ceux qui l'ont défendue ou la gouvernent encore, et termine en demandant au roi d'Espagne de lui conserver son organisation, et de lui donner sur ses autres Etats le rang que lui valent ses exploits, ses souffrances et sa fidélité. Telle est en abrégé l'analyse de cette épître, qui dénote chez son auteur un vif attachement pour son pays. Les épisodes y sont contés avec émotion, les assertions n'y ont rien d'exagéré, puisqu'il est facile de les étayer toutes par des faits, et en somme, pour le fond, il n'est aucun défaut grave à reprocher à cette pièce. Quant à la forme, on pourrait y critiquer des incorrections, quelques défauts de mesure ou de rime, des longueurs sur certains points, toutes choses bien excusables quand on se reporte au milieu du xviime siècle. L'auteur, du reste, nous avoue naïvement dans sa préface, *qu'il ne se pique pas d'estre si bon poète que bon bourguignon;* cette dernière qualité nous est plus précieuse que la première.

Nous ne pouvons que regretter, en terminant, que cette œuvre nous soit parvenue sans le nom de celui qui l'a composée; espérons du moins que l'avenir nous le révélera. Une chose certaine, c'est qu'en même temps que vrai poète, il était un homme de cœur, un Franc-Comtois de la vieille-roche, dévoué à sa patrie d'abord, puis à son roi; il a su exprimer par son style les nobles sentiments dont il était animé; aussi, si son nom n'a pas été conservé, ses vers du moins sont dignes de l'être.

Jules GAUTHIER.

AVERTISSEMENT DE L'AUTEUR.

« Il n'est pas besoing de s'informer que je ne me pique pas d'être si bon
poëte que bon bourguignon, tu l'auras assez reconnu par cet ouvrage, où
j'ay plus étudié à faire éclater mon zèle que mon style, et à plaire à mon
amy qu'à moy-même. »

LA

FRANCHE-COMTÉ DE BOURGOGNE

AU ROY

Sire, c'est sans dessein de vous estre importune,
    Que je parle aujourd'huy,
Mon but est d'égaler, malgré mon infortune,
    Ma joye et mon ennuy.
Quoyque mille raisons me poussent à me plaindre
    Du sort où je me voy,
J'ay ce point de vertu que je sais me contraindre
    Quand je parle à mon Roy.
Un moment d'audience à ce que je dois dire
    Que vous m'avez permis,
Vous apprendra comment et par qui je respire
    Malgré mes ennemis.
Je ne vous diray point ce que m'a fait la France
    Au fort de sa fureur,
Sire, le seul récit d'une si rude offense
    Vous feroit de l'horreur;
Je ne vous diray point, crainte que la colère
    Vous porte à me venger,
Qu'encor cet ennemy me fut bien moins contraire
    Qu'un secours étranger;
Que ceux de qui mon mal attendoit le remède
    Furent mes assassins,
Et que l'on m'amena des bourreaux à mon ayde
    Au lieu de médecins.
Quoyque ces cruautés ne soient que par trop vrayes
    Si les veux-je couvrir,

Et contraindre ma langue à me lécher mes playes
Plutôt que les ouvrir.
Lorsque ces inhumains me faisoient plus d'outrage,
Redoubloient mes fléaux,
Je tâchois d'égaler ma constance à leur rage,
Et ma force à mes maux.
« Grand Roy, disois-je en moy, toy pour qui l'on me gêne
Et que je ne connois,
Que comme on connoît Dieu dans l'Église chrétienne
Seulement par la foy;
Toy pour qui tant de fois je m'expose au martyre
Et dont je suis si loing,
Faut-il que je combatte et faut-il que j'expire
Sans t'avoir pour témoing? »
« Dieu, criois-je parfois, n'étant pas la plus forte,
Quel crime ay-je commis,
Pour me voir à tes yeux traittée de la sorte
D'amis et d'ennemis? »
Lors il me répondoit : « Si je te persécute
C'est pour te tenir bas,
Malgré tous ces fléaux dont je te fais la butte
Je ne te perdray pas. »
De vray quoyque brûlée et qu'à demy déserte
Je me treuve en des mains,
Où je puis espérer de voir un jour ma perte
Rétablie avec gains.
Ce généreux marquis (1) qui gouverne la Flandre
Et tous les Pays-Bas,
Et qui de votre part me fait sans cesse entendre
Qu'il ne me laira pas;
Luy qui m'appelle sœur et me traite de seule
Qu'il ayme uniquement,
Et qui ne m'ayme ainsy qu'à cause que mon peuple
Vous sert fidellement;
Luy qui connoît mon zèle et qui sçait bien me plaindre
Quand il m'ouyt soupirer,
M'a mise en un estat où je ne dois rien craindre
Et puis tout espérer.
C'est luy qui me soutient quand la France m'étonne
Avec ses grands projets,

_(1) Don Francisco de Mellos, Gouverneur de la Flandre et des Pays-Bas pour le roi d'Espagne, nommé par ce dernier Gouverneur général de Franche-Comté, en janvier 1642.

Et qui tout fraîchement a risqué sa personne (1)
    Pour sauver vos sujets.
C'est luy qui dans ma perte admire ma constance,
    Et qui dans mes besoins,
M'a fait de temps en temps recevoir l'assistance
    Qui me vient de vos soins.
Vos secours et les siens m'ont passé la campagne,
    Car, Sire, je sçais bien,
Qu'il ne m'a point remis ce qui me vient d'Espagne
    Sans l'accroître du sien.
C'est luy qui pour porter tous ses soins à l'extrême
    Et doubler mon appuy,
Ne veut pas seulement m'obliger par soy-même,
    Mais encore par autruy.
Ouy, Sire, ce baron (2) qui sous luy me gouverne,
    Mais me gouverne bien,
Qui fait son intérêt de ce qui vous concerne
    Et son repos du mien,
Luy soubs qui je respire et soubs qui je prospère
    Avec tant de bonheur,
Joint aujourd'huy pour moy des sentiments de père
    A ceux de Gouverneur.
C'est luy qui pourroit dire hors de rodomontade
    Et sans passer pour vain :
Sire, le patient, tant il étoit malade
    Fut mort en d'autres mains.
C'est luy de qui l'adresse a remis ma justice
    Dans son throne abattu,
Et qui des mêmes mains, dont il combat le vice,
    Couronne la vertu.
C'est par luy que mon peuple et ma gendarmerie
    Sont d'accord aujourd'huy,
Car au lieu qu'elle étoit l'objet de sa furie
    Il en fait son appuy.
Le soldard va garder le laboureur qui sème
    Rière tout le pays,
Et s'entendent si bien que l'un et l'autre même
    En sont tout esbahys.

---

(1) Don Francisco de Mellos, commandant en personne l'armée Espagnole à la bataille de Rocroy (18 mai 1643).

(2) Claude de Bauffremont, baron de Scey-sur-Saône, Gouverneur résidant de Franche-Comté, institué conjointement avec le Gouverneur général don Francisco de Mellos.

Aussy je le dois dire, à son prince, à son juge
        On ne doit point mentir,
S'il n'eût sitôt ouvert ses bras pour mon refuge
        J'allois m'anéantir.
Je dis m'anéantir, car toute autre contrainte
        Ne peut rien sur mon sort,
Et je ne me rends point pour une moindre atteinte
        Que celle de la mort.
Si la France sous qui travaille à me détruire
        Elle travaille en vain.
Ce chef est trop vaillant pour souffrir que j'expire
        Et j'ay le cœur trop sain.
Voici le huitième an que je sens les alarmes
        Des François et des miens,
Car la France avouera que mes propres gendarmes
        M'ont fait pis que les siens;
Que je soutiens l'effort des puissances des Gaules
        Et de leurs alliés :
Et si, pour ces fardeaux que j'ay sur les épaules,
        Mes os n'ont point plié.
Dole mon parlement, Dole ma capitale
        Si fidèle à ses roys,
Soutient sans s'émouvoir une attaque royale
        L'espace de trois mois (1).
L'ennemy pour l'avoir n'oublia point de piège
        De ruse ny d'efforts
Et si, tout son travail durant un si long siège
        N'en put prendre un dehors,
Il est vray, ses canons, ses bombes et ses mines,
        Jouant toutes à la fois,
Esmeurent des maisons, des clochers, des cortines,
        Mais jamais un bourgeois.

(1) Le siège de Dole dura du 27 mai 1636 au 14 août suivant. Voici une épigramme inédite composée sur ce siège par le procureur général Brun, et adressée par lui au prince de Condé. Nous l'extrayons du tome 34, p. 285 des manuscrits du président Bouhier, conservés à la Bibliothèque Impériale.

Vers de M. Brun, sur le siège de Dole.

Stat Dola, stant muri, frustra Condaee laboras;
        Non est ista tuis urbs ruitura dolis ;
Te tardè genuit mater, tu tardiùs urbem
        Cœperis excelso quæ stat in auxilio.
Quod si tot menses quot quondam matris in alvo
        Ante Dolam steteris, bis pudor indè tibi.

Cette ville aux assauts parut inébranlable
    Et, Sire, il est constant
Qu'elle n'a point de sœur qui, dans un sort semblable,
    N'en eut bien fait autant.
Gray qui montre à la France un visage de guerre
    Cherchoit un agresseur,
Pour faire en cas d'attaque un effort peu vulgaire
    Aussi bien que sa sœur.
Salins que Villeroy crut emporter d'emblée
    Soubs un rapport trompeur (1)
Renvoya ce marquis avec son assemblée
    Qui n'y prit que la peur.
De quelque esprit constant dont ce guerrier se vante,
    On le vit s'étonner
Et crier en fuyant : J'ay reçeu l'espouvante
    Où j'ay creu la donner.
Cette ville d'Empire (2) enclose en mon enceinte
    Et qu'on garde à vos frais,
Sembloit dire au Weymar tant elle étoit sans crainte
    Vient moy voir de plus près.
Ainsi, j'ai veu souvent la France tout entière
    Armée contre moy,
Faire tous ses efforts pour me mettre en poussière,
    Sans me mettre en effroy ;
Il est vray que sa rage a brisé mes frontières,
    Mais, Sire, Dieu mercy,
Malgré tout son travail mes villes sont entières
    Et ma constance aussy.
Le plus qu'elle m'a pris sont des maisons ouvertes
    Bonnes pour coups de mains,
Où la moindre défense a fait monter sa perte,
    A plus haut que ses gains.
Encore ce qu'elle en eut ne se pouvant défendre
    Luy fut abandonné,
Et je tiens pour certain qu'elle ne l'eut sceu prendre
    Qui ne l'eut point donné.
Souvent lorsqu'elle a creu que j'irois par contrainte
    Luy dire : « Me voicy, »
Mon courage a changé son espérance en crainte
    Et sa joye en soucy.

(1) L'entreprise infructueuse de Villeroy sur Salins est du 5 juin 1640.
(2) Besançon.

Une simple maison rien ou bien peu flanquée,
  Sans fossés ni dehors,
Soutient d'un camp royal qui l'avoit attaquée
  Toutes sortes d'efforts.
A la veue d'un prince et de toute une armée,
  Elle se défendit,
Et le cœur d'un sergent la vit toute en fumée
  Avant qu'il la rendit (1).
Combien de mes châteaux n'a-t-elle mis en cendre
  Pour s'être défendus,
Et combien d'officiers ne m'a-t-elle fait pendre
  Pour s'être tard rendus.
Heureux le patient qui pend à la potence
  Pour semblable forfait,
Puisqu'il n'est convaincu par toute sa sentence
  Que d'avoir trop bien fait.
Tous les ans ses soldards ont tenté ma constance,
  Et se sont assemblés
Pour faire en la saison, malgré ma résistance,
  Le dégât de mes blés.
Mais lors loin de me rendre ou de poser les armes
  Mon bras s'est défendu,
Et n'a pas moins donné que soutenu d'alarmes
  Quand il s'est étendu.
Tant de fléaux qui pourroient ébranler les plus fermes
  Assemblés contre moy,
Ne m'ont jamais esmeu ni fait sortir des termes
  De ce que je vous dois.
Je me suis veu en proye et souvent toute en flamme
  De l'un à l'autre bout,
Sans que jamais comtois ait conceu dans son âme
  Une pensée de dégoût.
Au milieu de la guerre, en l'ardeur de la peste,
  Au milieu de la faim,
Où je ne trouvois pas sur tout ce qui me reste
  Qui m'assistât de pain,
Les miens plustost qu'aller soulager leurs entrailles
  Aux offres des François,

(1) Sans doute l'auteur veut parler ici du château de Chèvroz, près de Saint-Amour, assiégé
et pris par le duc de Longueville le 2 avril 1637, malgré la courageuse résistance du sergen[t]
Simard, que le vainqueur fit pendre après la capitulation (V. Girardot de Nozeroy, p. 162, Hist.
de Dix-Ans).

Ont mangé des corps morts de qui les funérailles
  Cessoient dès plus d'un mois.
Sept hommes dans un bois où la faim et la peste
  Les avoient assiégés,
Ont joué qui d'entre eux seroit mangé du reste,
  Et d'effet l'ont mangé.
Des enfants, de famine, ont déterré leur mère
  Pour vivre de sa chair,
Et n'ont point eu d'égard que le corps plein d'ulcères
  Infectoit déjà l'air ;
Ce qu'un vilain corbeau, ce qu'un loup dans sa rage
  N'eût pas daigné toucher.
Mes pauvres, dans la faim, contre l'humain usage,
  Le sont allés chercher (1).
Pour vous, sans murmurer, j'ay souffert le martyre
  Presque jusqu'aujourd'huy,
Quoyque de toute part le François me fit dire
  D'aller manger chez luy.
Lors voyant mes voisins ne faire aucune instance
  D'adoucir mon ennuy,
Je me suis cantonnée avec ma constance
  Sans chercher autre appuy.
Moy seule, pour vous seul, j'ay fait tête à la France,
  Et toujours opposé
Contre une injuste attaque une juste défense,
  Et jamais composé.
Mon cœur, loin de s'abattre, a sceu reprendre haleine
  Aux maux qu'il a soufferts,
Et jamais seulement mon corps traînant sa chaîne
  N'a fait griller ses fers.
On ne m'a point ouy pousser dans ma souffrance
  Des plaintes ny des cris,
Et l'on m'entend encor, dès le cœur de la France,
  Esclater quand je ris.
Pour voir et pour ouyr des choses sans pareilles
  Faites par les humains,
Sire, faites porter vos yeux et vos oreilles
  Jusqu'où portent vos mains ;

(1) V. pour les détails Boyvin et Girardot de Nozeroy. Dans la correspondance du Parlement,
conservée aux archives du Doubs, se trouve le récit de plusieurs scènes d'anthropophagie cons-
tatées soit à Gray, soit dans d'autres lieux de la province. *Passim* 1637-1643.

Encor y verrez-vous le peuple qui me reste
    Quand il combat pour vous;
Imputer à disgrâce et tenir pour funeste
    D'en retourner sans coups;
Encor entendrez-vous des familles entières
    Sans trouble et sans effroy,
Se traînant dès leurs lits dessus leurs cimetières
    Crier : Vive le Roy;
Que Votre Majesté peut être satisfaite
    D'un peuple si constant,
Et que j'ay de bonheur de me dire sujette
    D'un Roy qui m'aime tant!
Vit-on jamais pays s'immoler pour son prince
    Comme moy pour le mien,
Et vit-on jamais roy faire plus pour province
    Que vous pour mon soutien?
Il semble qu'aujourd'huy mes soings et ma constance
    Dont chacun est ravy,
Pour gagner l'un sur l'autre un degré d'éminence
    Paroissent à l'envy.
Ainsy le bon sujet sert son roy légitime,
    Ainsy le souverain,
Quand il voit son vassal qu'on force et qu'on opprime,
    Luy doit tendre la main.
Le ciel devient esmeu, quand de près il contemple
    Ma constance et ma foy,
Et l'univers jaloux de me voir sans exemple
    En est tout hors de soy.
Ceux mêmes dont la rage attentoit sur ma vie
    Sont contraints d'avouer,
Que le zèle constant dont l'Europe est ravie
    Est un zèle à louer;
Que votre Portugal et votre Catalogne
    N'ont pas fait comme moy (1);
Et que le titre seul de comte de Bourgogne
    Vous vaut celuy de roy.
Si votre Majesté persiste en ma disgrâce
    A m'assister du sien,
Je n'ay point d'ennemy dont le bras me menace
    Qui ne craigne le mien;

(1) Il y eût dans ces deux provinces des révoltes et des émeutes dans le cours de l'année 1642.
V. Girardot de Nozeroy. Hist. de Dix-Ans, pp. 277 et suivantes.

Mes villes, en ce cas, quoyqu'elles soyent pressées,
    Pourront se maintenir,
Et vous pouvez juger par les choses passées
    Des choses à venir.
Il est vray, leurs bourgeois, de famine et de peste
    Sont plus des deux tiers morts,
Mais, Sire, il l'est aussy qu'un du peu qui leur reste
    En vaut quatre d'alors.
Cette ardente vigueur que j'ay tant fait paroltre
    Se conserve avec soing,
Et je scays bien encor le moyen de l'accroltre
    Quand il sera besoing.
Je ne demande pas qu'une armée estrangère
    Vienne rompre mes fers,
Ce n'est pas pour l'avoir que je vous exagère
    Les maux que j'ay soufferts.
Ailleurs, les étrangers vous seront nécessaires,
    Dans cette occasion,
Je ne veux opposer à tous mes adversaires
    Que de ma nation.
J'ay des gens en Espagne, en Flandre, en Italie,
    Mais des gens tout de feu;
Ce que je vous demande est qu'on me les rallie
    Et qu'ils servent chez eux.
Aussy si l'on m'attaque, après si l'on m'opprime,
    Grand prince, assurez-vous
Que je n'ay point d'enfant, j'entends de légitime,
    Qui ne s'immole aux coups.
Après, quoyque je sois moins riche et moins nombreuse
    Qu'autrefois je ne fus,
Si le François y vient, tenez-moi pour menteuse
    S'il n'en sort point confus.
Si, comme du passé, je me voyois peuplée,
    Sire, j'ai tant de cœur,
Qu'encor une couronne à la France accouplée
    Ne me feroit point peur.
Aussi, lorsque son prince eût résolu de rompre,
    Il se mit en devoir
De me venir forcer, ne m'ayant pu corrompre,
    Pour me perdre ou m'avoir.
Encore sçait-elle bien que toute dépeuplée
    Et foible que je suis,

Contre ce qu'elle peut, ma volonté supplée
  A ce que je ne puis.
Sire, ouvrez donc les yeux sur ce peuple fidèle
  Dont vous êtes l'objet,
Qui n'a jamais paru ni lâche, ni rebelle
  A qui vous est sujet.
Que jamais le François, s'il veut que je luy cède,
  N'ait prétexté ny droit
D'imputer à mes roys d'avoir laissé sans aydé
  Ceux qui marchent si droit.
Mon peuple a dit cent fois, et je crois que la France
  L'aura bien entendu,
Qu'il devoit à vos soings bien plus qu'à sa défense
  Ce qui n'est pas perdu.
Il est juste, grand Roy, dans l'effort qu'il observe
  Qu'encor vous l'aydiez,
Puisque la même loy qui veut que je vous serve,
  Veut que vous me gardiez.
Le sujet doit au roy sa vie et son service,
  Mais par même contrat,
Le roy doit aux sujets la garde et la justice,
  A moins que d'être ingrat.
Sire, j'ay dit ce mot pour mieux faire comprendre
  Combien sont différents,
Les sujets d'un tel roy qui donne sans rien prendre
  Aux sujets des tyrans.
Personne ne prendra ses lois pour des reproches
  Qui soyent faits à vos soins,
Il est miraculeux de les sentir si proches
  D'où vos yeux sont si loins.
Vous ne m'assistez pas comme les autres princes
  Envieux de mon bien,
Qui pensent largement donner à leurs provinces
  De ne leur ôter rien;
Vous me donnez lé vôtre et le mien me demeure,
  Bienheureux est ce point,
Que s'il ne s'accroît pas, pour le moins je suis seûré
  Qu'on ne me l'oste point.
Ainsy je ne me plains, ny ne prétends rancune
  De votre soing passé,
Je vous prie seulement que l'on me continue
  Ce qu'on a commencé.

Tout ce qu'en récompense, aujourd'huy, je demande
A Votre Majesté,
C'est que mon Gouverneur dont l'adresse est si grande
Ne me soit point osté.
Quand il demandera de quitter son office
Pour s'aller reposer,
Il y va de ma vie et de votre service
De le luy refuser.
Que votre Majesté demeure bien instruite
Qu'il sert au gré de tous,
Et que le moins changer au train de ma conduite
C'est le meilleur pour vous.
Sous luy, tout me contente et rien ne m'importune,
Mon peuple est bien gardé ;
Il arrive souvent qu'on change de fortune
Quand on change de dé.
Ses soings de l'an passé tirèrent de souffrance
Mon bailliage d'Amont,
Et ceux de cette année ont contraint ceux de France
D'abandonner Grimont (1).
Ce coup a mis Salins et ce qui l'avoisine
Hors d'attaque et de peur,
Et l'on le peut vanter d'avoir tiré l'épine
Qui m'a point (2) jusqu'au cœur.
J'ay beaucoup plus d'espoir et bien plus d'avantage
Que je n'eus ci-devant,
Mon Chef (3) est bien vaillant, mon Archevêque (4) est sage,
Mon Président (5) savant.
Le premier fait la guerre et règle la police
Avec un soing parfait ;
Le second fait sa charge, et le tiers la justice
Et tous trois à souhait.
C'est sur eux et ma Cour (6) que mon espoir se fonde,
Et je tiens pour certain,
Que si votre bonté seulement les seconde,
Qu'on me croit perdre en vain.

(1) Ce passage fixe la date de la pièce à 1643, car c'est le 5 septembre de cette année que le château de Grimont fut remis au Gouverneur de la province par les Français.

(2) Qui m'a percé.

(3) Claude de Bauffremont, baron de Scey-sur-Saône.

(4) Claude d'Achey, successeur de Ferdinand de Rye, archevêque de Besançon de 1637 à 1654.

(5) Jean Boyvin, président du Parlement de 1639 à 1650.

(6) Mon Parlement.

Puisqu'encor je combats et qu'encor je respire
    J'en puis bien relever,
Et le sort où je suis n'est pas encore le pire
    Qui me peut arriver.
Mon mal sans doute est grand, ma perte peu commune,
    Mais quelle que je sois,
Mon destin vaut encore la meilleure fortune
    Du plus heureux François.
J'oublie tous mes biens dont la perte est notoire.
    Et, Sire, il me suffit,
Que perdre tant de biens pour gagner tant de gloire
    C'est perdre avec profit.
Si souffrir tant de perte avec tant de constance
    Rehausse mon honneur,
Sire, ce que je perds me sert de récompense
    Et mon mal, de bonheur.
Quelque jour mes haineux diront, malgré l'envie,
    En vous parlant de moy,
Sire, elle a postposé (1) de conserver sa vie
    En conservant sa foy.
C'est de moy que diront mille et mille provinces
    Qui dépendent de vous :
« La Comté de Bourgogne a mieux servy ses princes
    Que nulle d'entre nous. »
Vous même vous direz, me trouvant sans seconde
    Constant en mes projets,
Que le rang qu'on vous doit sur tous les roys du monde
    M'est deù sur vos sujets.

(1) Elle a mis au-dessous.

www.ingramcontent.com/pod-product-compliance
Ingram Content Group UK Ltd.
Pitfield, Milton Keynes, MK11 3LW, UK
UKHW020915140726
13695UKWH00006B/2538